OUASMOK?

CW01551329

Sylvain Levey

OUASMOK ?

éditions THEATRALES ‖ JEUNESSE

THEATRALES **II** JEUNESSE

Des langages, des histoires, des délires,
cent façons de raconter le monde.
Des textes à lire, à dire, à écouter, à jouer.

UNE COLLECTION DIRIGÉE PAR FRANÇOISE DU CHAXEL

© 2004, Éditions Théâtrales
20, rue Voltaire, 93100 Montreuil

Image de couverture : Mathias Delfau

ISBN : 978-2-84260-152-2 • ISSN : 1629-5129

En ce 12 octobre, monsieur Pierre épouse mademoiselle Léa et vice versa. Ils acceptent tous les deux de mettre en commun leur patrimoine pour fonder une famille.

En cas de divorce, ils donneront tout aux pauvres.

Merci, Virginie

PERSONNAGES :

PIERRE

LÉA

Ouasmok? a été créée le 19 août 2004 à Fougères par la compagnie Ath'Liv, dans une mise en scène de l'auteur. Cette création a eu lieu dans le cadre du festival Les scènes déménagent, en coproduction avec la compagnie Par les temps qui courent.

SÉQUENCE 1

PIERRE.- Salut.

LÉA.- ...

PIERRE.- Salut.

LÉA.- ...

PIERRE.- Salut.

LÉA.- ...

PIERRE.- Ouasmok ?

LÉA.- Pardon.

PIERRE.- Comment tu t'appelles ? C'est de l'arabe. T'as quel âge ? T'habites où ? T'es fille unique ? T'étais où en vacances ? T'es partie avec tes parents ? T'as fait quoi ?

LÉA.- Pourquoi je te répondrais ? On ne se connaît pas il me semble.

PIERRE.- Justement. C'est une méthode révolutionnaire. Grâce à ce principe, on se connaît plus vite et on sait tout de suite si on a une chance de former un couple heureux. C'est génial. Non ?

LÉA.- C'est surtout très masculin. Désolée faut que j'y aille.

PIERRE.- C'est pas l'heure.

LÉA.- L'heure de quoi ?

PIERRE.- De prendre ton bus. Tu prends le 45, celui de 17 h 24. Tu t'assois toujours le plus près possible du chauffeur, tu descends à Stalingrad, tu postes une lettre, tu achètes une rose et avec la monnaie tu te payes un truc à la boulange, ensuite tu prends le 34 jusqu'à Mirabeau et après...

LÉA.- Et après ?

PIERRE.- Après je sais pas. Tu cours trop vite. Alors t'es en cinquième.

LÉA.- Comment tu sais tout ça ? T'es un gitan ?

PIERRE.- En troisième, c'est les Grecs, en quatrième c'est Voltaire et en cinquième c'est Molière. On t'oblige à lire Molière donc tu es en cinquième.

LÉA.- Et le reste ?

PIERRE.- Quoi le reste ?

LÉA.- Le reste. Le bus ? L'arrêt ? La place ?

PIERRE.- Le hasard ma chère Léa.

LÉA.- Parce que tu sais aussi comment je m'appelle. T'es un dingue! Un obsédé ou quoi?

PIERRE.- Léa. C'est marqué sur ton livre. Donc tu es en cinquième.

LÉA.- Pour la deuxième année de suite si tu veux tout savoir.

PIERRE.- Moi j'aurais dû rester en sixième. Salut, moi c'est Pierre.

LÉA.- Pourquoi t'aurais dû?

PIERRE.- J'étais le plus nul de mon ancien collège. La faute des profs d'après ma mère. On m'a inscrit ici. C'est ma dernière chance a dit mon père. Le directeur a regardé mes notes et il a dit «Pierre, votre avenir nous inquiète. Pour l'amour de Dieu, ne vous égarez pas sur des chemins de traverse.» Ça y est je t'ai fait rire!

LÉA.- Non.

PIERRE.- Si. J'ai vu tes dents.

LÉA.- J'en ai pas.

PIERRE.- Et toi pourquoi t'es là? Tu as bien une raison. On a tous une raison d'être à Notre-Dame du Vieux Cours.

LÉA.– ...

PIERRE.– Très bien n'en parlons plus. Parlons d'autre chose. Parlons plutôt de la pluie et du beau temps... Du cours de la bourse. Ah tiens de la misère dans le monde... Et si je t'avoue qu'à dix-huit ans je veux être une femme. Évidemment. Dès que je suis majeur, je me fais opérer, je mets des robes, du vernis à ongles, je me fais appeler Rosetta ou Linda et je deviens mannequin, mannequin vedette d'une grande maison de haute couture et je voyage : Londres, New York, Berlin... Ah gagné! Deuxième sourire en deux minutes. En progrès. Doit poursuivre ses efforts. Élève studieuse. Troisième sourire. Incroyable mesdames et messieurs. Elle a souri trois fois. Tu ne peux pas nier. Tu as trente-deux dents, une carie et tes dents de sagesse n'ont pas encore poussé.

LÉA.– Tu t'en vas?

PIERRE.– Et maintenant elle parle! Extraordinaire! Oui mademoiselle Léa, je pars. Voilà mon père. Faut que j'y aille. À demain.

LÉA.– Non. À lundi.

PIERRE.– À demain.

LÉA.- Non à lundi. Demain c'est samedi.

PIERRE.- Justement. On aura plus le temps.

LÉA.- Pour faire quoi ?

PIERRE.- Je ne sais pas moi. Manger une glace, se promener, aller au cinéma...

LÉA.- T'es vraiment un type passionnant !

PIERRE.- Ça ne te plaît pas ?

LÉA.- Non.

PIERRE.- Qu'est-ce que tu proposes ?

LÉA.- Rien. Ou plutôt si. On écoute les vieux vinyles de ma grand-mère tout un après-midi et on les classe par ordre alphabétique. Rendez-vous quatorze heures devant le magasin de pompes funèbres.

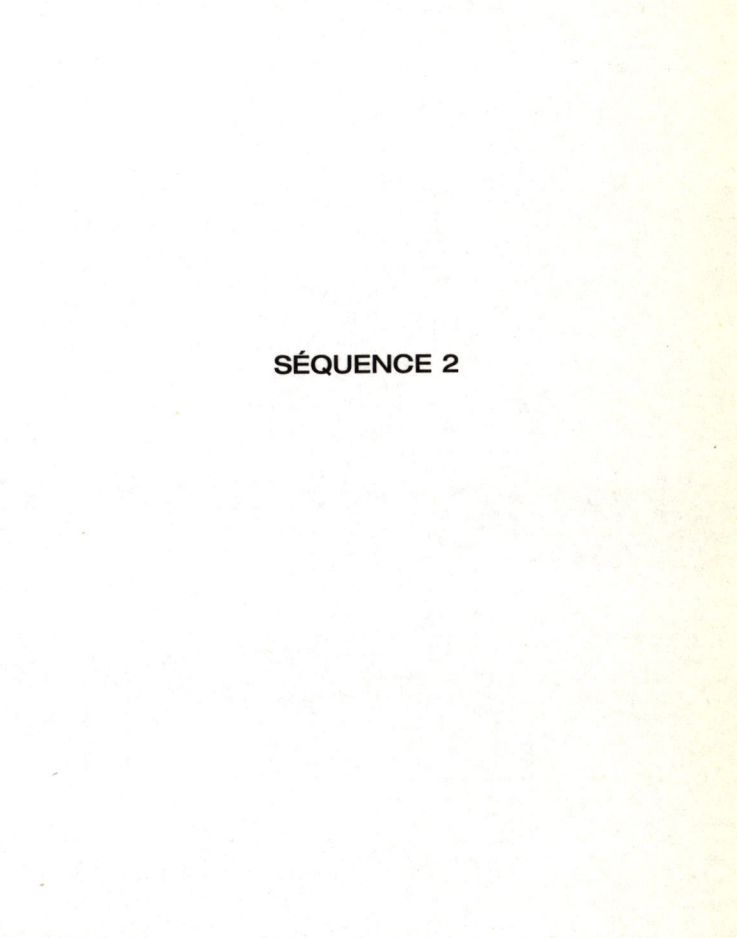

SÉQUENCE 2

LÉA.- Ma grand-mère elle écoute ça tout le temps.

Marlene Dietrich – Kisses sweeter than wine.
Léa chante.

PIERRE.- Elle est chouette la maison de ta grand-mère.

LÉA.- Ouais. C'est ici que j'ai appris à m'ennuyer.

PIERRE.- Je peux te poser une question ?

LÉA.- Vas-y toujours. On verra si je réponds.

PIERRE.- Quand tu m'as amené ici tout à l'heure...

LÉA.- Tu vas me demander pourquoi je t'ai obligé à fermer les yeux tout le temps du trajet.

PIERRE.- Oui.

LÉA.- Pour que tu ne puisses pas revenir sans moi. Tu t'en doutais ?

PIERRE.- Oui.

LÉA.- Alors pourquoi tu poses la question ?

PIERRE.- Je sais pas... Et...

LÉA.- Évidemment.

PIERRE.- Évidemment quoi ?

LÉA.- Évidemment qu'on va repartir comme on est venus. C'est ce que tu allais me demander ?

PIERRE.- Oui.

LÉA.- En fait, tu n'es ni dingue ni obsédé mais t'es quand même un peu spécial.

PIERRE.- On n'avait pas l'air trop ridicules dans la rue ?

LÉA.- Si mais on s'en fout. Bon, c'est pas le tout, on a du travail. Il faut trouver une logique de classement. J'ai déjà réfléchi à la question. Cette nuit. Je me trouve plus intelligente la nuit. On va classer les disques par sous-parties successives : d'abord la date, du plus vieux au plus récent. Tu trouves ça bien du plus vieux au plus récent ?

PIERRE.- C'est une méthode originale.

LÉA.- Je sais. J'adore classer. Plus tard je serai bibliothécaire.

PIERRE.- Pour ça, faut faire des études.

LÉA.- Oui papa. Bon disons du plus vieux au plus récent. À l'intérieur de cette sous-partie, on classe par ordre de préférence, ensuite le pays puis l'âge approximatif du chanteur ou de la chanteuse. En cas d'égalité, on départage par l'état de la pochette. Pour les disques rayés, on les met dans une caisse à part mais on garde le même principe de classement. Hein ! Déjà quatre heures. Vite. On s'y met. On bosse disons une heure et après je te ramène. Faudrait peut-être te bouger un peu. Je ne vais pas faire tout toute seule.

PIERRE.- Faut absolument que je te dise quelque chose.

LÉA.- Plus tard. On n'a pas le temps.

PIERRE.- S'il te plaît. C'est important.

LÉA.- Hein...

PIERRE.- Faut que je te dise une chose très importante.

LÉA.- Je travaille.

PIERRE.- Écoute.

LÉA.- Parle plus fort. J'entends rien.

PIERRE.- Baisse la musique !

LÉA.- Je sais pas comment on fait.

PIERRE.- Ce que je dois te dire va transformer ta vie.

LÉA.- Tant mieux.

PIERRE.- Léa, je crois que je t'aime.

LÉA.- Quoi !

PIERRE.- Je t'aime.

LÉA.- Plus fort.

PIERRE.- Je t'aime.

LÉA.- Encore plus fort.

PIERRE.- Je t'aime.

LÉA.- C'est ça le truc si important ?

PIERRE.- Oui.

LÉA.- Moi aussi je t'aime et j'en fais pas une montagne.

PIERRE.- Toi aussi ? C'est une bonne nouvelle. Et tu crois... Enfin je veux juste savoir si, enfin tu devines, puisque tu m'aimes c'est possible que là... Bientôt... Enfin je voudrais juste savoir si c'est possible que nous deux on s'embrasse ?

LÉA.- Chaque chose en son temps. On verra plus tard. Il y a du boulot. Et puis c'est pas sûr.

PIERRE.- Pourquoi c'est pas sûr ?

LÉA.- Je sais pas.

PIERRE.- Faut savoir pourquoi on n'est pas sûr ou faut être sûr. C'est important.

LÉA.- Parfois t'es vraiment un pauvre crétin.

PIERRE.- Merci pour le compliment. Ça commence bien.

LÉA.- Dis-moi, quand j'aurai des rides et des joues creuses, et le dos voûté et les hanches beaucoup plus larges. Tu m'aimeras ?

PIERRE.- ...

LÉA.- Tu vois. Tu feras comme les autres. Tu iras voir ailleurs. Tu as vu le nombre de vieilles femmes qu'on voit marcher toutes seules dans les rues. Je pense que tu vas me quitter au troisième enfant.

PIERRE.- Juste une précision madame la féministe. Si les femmes sont seules c'est que les maris meurent plus tôt parce qu'ils travaillent plus dur. Mais pour savoir cela, il ne faut pas dormir en cours.

LÉA.- Ah oui j'oubliais. Monsieur Pierre est exemplaire. Il travaille car c'est sa dernière chance comme a dit son papa.

PIERRE.- T'es débile. Comment tu veux avoir des amis si tu es toujours aussi méchante ? Moi je fais l'effort de parler avec toi et tu as vu le résultat.

LÉA.- Alors comme ça tu fais des efforts. Tu n'es pas obligé. Je ne t'ai rien demandé. Il faut peut-être que je te dise merci.

PIERRE.- C'est pas au troisième gosse que je vais te planter. C'est maintenant.

LÉA.- On gagnera du temps. Vas-y. C'est par là.

PIERRE.- Tu es sûre ? Tu risques de le regretter je te préviens. Tu vas rester toute la journée dans ta chambre à pleurer.

LÉA.- Y a pas de risques.

PIERRE.- Salut.

LÉA.- Salut. Et si les hommes meurent plus jeunes c'est à cause de l'alcool !

PIERRE.- Eh merde ! Comment on retourne dans le centre-ville ?

LÉA.- Débrouille-toi. T'es grand... Oh mais dis donc je vois ton premier poil qui pousse sur ton menton. T'es un homme maintenant. Il va pouvoir rentrer tout seul le Pierrot. Comme un grand.

PIERRE.- Tu sais très bien que je n'aime pas ça ! Que j'aime pas les poils sur les mentons. Tu le sais très bien. Et puis tu veux que je te dise. Je sais très bien pourquoi t'es à Notre-Dame du Vieux Cours. Ta mère est à l'hôpital des fous et ton père, c'est plus vraiment ton père. Il fait tout pour se débarrasser de toi alors il t'a mise chez ta grand-mère qu'est à peu près aussi folle que ta mère. La seule chose qu'il fait, c'est payer cette école, la seule qui t'accepte encore d'ailleurs.

LÉA.- Comment tu sais tout ça ?

PIERRE.- La salle des profs ! On apprend beaucoup de choses sur les élèves dans la salle des profs. *Adios.*

LÉA.- C'est ça. Rentre chez ton père.

SÉQUENCE 3

Elle arrive de nulle part. Il est déjà là.

LÉA.- Salut. Je peux m'asseoir ?

PIERRE.- Non.

LÉA.- ...

PIERRE.- Je plaisante.

LÉA.- À quoi tu penses ?

PIERRE.- À rien.

LÉA.- On pense toujours à quelque chose. Les gens qui ne pensent à rien ont des problèmes affectifs très graves. C'est la psychologue scolaire qui a dit ça.

PIERRE.- Je sais.

LÉA.- Tu sais toujours tout toi ?

PIERRE.- Elle dit ça à tout le monde. Je pense à des choses hautement philosophiques.

LÉA.- Ah bon... Tu viens souvent ici ?

PIERRE.- Tous les jours depuis deux jours. Il y a une minute j'étais heureux, j'étais le seul à connaître cet endroit.

LÉA.- Eh bien maintenant on est deux. Je veux qu'on s'excuse.

PIERRE.- Qu'on s'excuse c'est pas français. Tu peux t'excuser si ça te fait plaisir. Moi j'ai rien à me reprocher.

LÉA.- Excuse-moi.

PIERRE.- Tu ne devrais pas être en cours d'histoire à cette heure ?

LÉA.- Et toi tu ne devrais pas être à la chorale en ce moment ?

PIERRE.- *(se met à chanter)*
« En mémoire du Seigneur
Qui nous a rompu le pain
En mémoire du Seigneur
Nous serons le pain rompu
Pour un monde nouveau
Pour un monde d'amour
Pour que viennent les jours
De justice et de paix. »

LÉA.- Ah oui ! Fais-moi rire monsieur Pierre ! Fais-moi rire jusqu'à la tombée de la nuit et même plus. Fais-moi oublier cette triste journée d'école. Tiens raconte-moi des histoires.

PIERRE.- C'est deux pingouins qui sont sur une banquise...

LÉA.- Non ! Pas des histoires drôles. Des histoires que tu inventes. J'adore quand tu inventes. Je sais pas moi... Tu sais des garçons qui veulent devenir des filles ou je sais pas moi, dis-moi que ton père est président de la République. Qu'est-ce qu'il fait ton père ?

PIERRE.- Il est professeur de linguistique.

LÉA.- Pas possible. C'est incroyable. C'est dingue ! C'est quoi la languistique ?

PIERRE.- Linguistique. Si tu faisais moins la sieste, tu le saurais.

LÉA.- Ah ! S'il te plaît. Pas de leçons de morale aujourd'hui. Aujourd'hui c'est jour de fête.

PIERRE.- Ah bon pourquoi ?

LÉA.- Parce qu'on s'est réconciliés et qu'on a trouvé cet endroit magnifique.

PIERRE.- C'est moi qui l'ai trouvé.

LÉA.- Si ça peut te faire plaisir...

PIERRE.- Ça me fait plaisir et c'est important de clarifier les choses. C'est moi le premier qui ai découvert ce lieu. Le haut du clocher de l'ancien couvent Notre-Dame du Vieux Cours est à moi. Je t'autorise à monter aussi souvent que tu le voudras. Pardon pour l'autre fois.

LÉA.- Quand ?

PIERRE.- L'autre fois tu sais bien.

LÉA.- C'est pas grave.

PIERRE.- Et puis je suis désolé pour ta mère.

LÉA.- Pour ma mère ?

PIERRE.- Enfin ce qui lui arrive. Je suis désolé vraiment.

LÉA.- Ah c'est rien.

PIERRE.- Elle va mieux ?

LÉA.- Non c'est pire.

PIERRE.- Et les roses, c'est pour elle ?

LÉA.- C'est pour elle.

PIERRE.- Et les lettres c'est pour qui ?

LÉA.- Pour personne.

PIERRE.- Pour personne ?

LÉA.- Pour personne. Compris! Regarde plutôt comme c'est beau.

PIERRE.- Et ton père...

LÉA.- Ne parlons plus de tout ça. Faut pas penser. On a tous des problèmes tu sais. Regarde plutôt comme c'est beau.

PIERRE.- Fais gaffe quand même.

LÉA.- T'inquiète pas pour moi.

PIERRE.- Te penche pas trop quand même.

LÉA.- T'as peur. Je suis sûre que tu as peur. T'es vraiment un trouillard.

PIERRE.- Je ne veux pas qu'on nous remarque c'est tout.

LÉA.- Regarde plutôt comme c'est beau. Regarde. C'est comme quand on prend l'avion.

PIERRE.- T'as déjà pris l'avion toi ?

LÉA.- Non mais je sais. Les gens sont des cons.

PIERRE.- ...

LÉA.- Les gens sont des cons et je plains les anges.

PIERRE.- Pourquoi?

LÉA.- Ils voient ça toute la journée.

PIERRE.- Ne regarde plus.

LÉA.- T'es un trouillard.

PIERRE.- Non je ne suis pas un trouillard.

LÉA.- Si t'es un trouillard. Faut pas avoir honte de le dire.

PIERRE.- Mais je n'ai pas honte car je suis pas un trouillard.

LÉA.- Si t'es un trouillard. Tous les enfants pourris gâtés sont des trouillards.

PIERRE.- Te penche pas trop Léa. Tu fais exprès?

LÉA.- Ouais. Je t'aime mon Pierrot.

PIERRE.- Ne m'appelle pas Pierrot et descends de là.

LÉA.- Tu vois t'as peur. C'est bien ce que je disais. Tiens tu vois les rails?

PIERRE.- Oui.

LÉA.- Eh bien j'avais une copine qui habitait juste à côté. De sa fenêtre elle voyait les trains. Elle avait une copine qui habitait l'immeuble d'en face. Un soir, elle était restée trop tard chez une autre copine. Elle a traversé les rails pour rentrer plus vite et pas se faire engueuler et c'est à ce moment-là que le train est passé.

PIERRE.- Et...

LÉA.- On a retrouvé un peu plus tard les morceaux...

PIERRE.- Arrête s'il te plaît. Je me sens mal.

LÉA.- T'es vraiment une pauvre bécasse ! C'est pas vrai ! Évidemment que c'est pas vrai ! C'est une histoire que tout le monde raconte aux enfants des cités pour pas qu'ils rentrent tard et pour pas qu'ils traversent les rails. Y a plein d'histoires comme ça. La cave aux pince-oreilles tu connais pas ? Si t'es pas poli, on te fout dedans toute une nuit. Si tu mens t'as le nez qui s'allonge. S'il y a un coup de vent quand tu tires la langue, tu peux plus jamais la rentrer. Je t'adore mon Pierrot. On rigole bien tous les deux.

PIERRE.- Pas toujours mais bon...

LÉA.- Tiens je te propose quelque chose. Chaque jour qui passe, on fait un bâton sur le mur. Comme les prisonniers dans les films. Quatre bâtons côte à côte, le cinquième barre tous les autres, et ainsi de suite jusqu'à la fin de l'année. C'est d'un romantisme...

SÉQUENCE 4

Quelques bâtons plus tard, douze exactement.

PIERRE.- Alors tu n'as pas changé d'avis ?

LÉA.- Non et toi ? Tu as bien réfléchi toute la nuit ? Tu es toujours d'accord ?

PIERRE.- Bien sûr. Plus que jamais.

LÉA.- Il faut le faire alors.

PIERRE.- On n'a plus le choix.

LÉA.- Quelle aventure ! À cinq on y va.

PIERRE.- Un... Deux... Trois... Quatre... Cinq.

LÉA.- Monsieur Pierre, acceptes-tu de prendre pour épouse mademoiselle Léa, ceci pour le reste de tes jours ?

PIERRE.- Oui je le veux.

LÉA.- Amen.

PIERRE.- Mademoiselle Léa, acceptes-tu de prendre pour époux monsieur Pierre, ceci pour le reste de tes jours ?

LÉA.- Trois fois oui.

PIERRE.- Amen. Trois fois amen. Tu as écrit le texte ?

LÉA.- Évidemment.

PIERRE.- Alors lis-le.

LÉA.- En ce 12 octobre, monsieur Pierre épouse mademoiselle Léa et vice versa. Ils acceptent tous les deux de mettre en commun leur patrimoine pour fonder une famille. Voilà signe là et encore là. Voilà un pour moi et un pour toi.

PIERRE.- Attends. Tu as oublié les règles en cas de divorce. Faut savoir si chacun reprend ses affaires ou si on donne tout aux pauvres. C'est important. On ne peut pas s'engager à la légère.

LÉA.- On donne tout aux pauvres.

PIERRE.- Allez à toi de commencer.

LÉA.- Non toi.

PIERRE.- Non toi.

LÉA.- Non toi d'abord je préfère.

PIERRE.- Tu vois. Tu es toujours en train de me contredire.

LÉA.- Non mais c'est incroyable! C'est de ma faute. Tu décides pour moi et tu voudrais que je dise oui tout le temps. Je te préviens avant que tu signes. Ça ne sera pas possible. *(il signe en premier)* Maintenant qu'on a signé il faut aménager notre logement.

PIERRE.- Alors je déballe...

LÉA.- Non c'est moi en premier.

PIERRE.- ...

LÉA.- Alors, tout d'abord, j'ai pensé à une mappemonde pour choisir le pays de notre voyage de noces, un décapsuleur, je ne sais pas pourquoi mais ça peut toujours servir, trois livres de philosophie orientale, il paraît que c'est très bien, très intéressant, une boîte à musique avec toutes mes dents de lait à l'intérieur, le menu de repas de ma première communion, des sacs poubelles, quatre bougies et un chandelier. Oh! mais je n'ai pas pris d'allumettes. Du thé, j'adore le thé, une casserole et un réchaud à gaz. Mais il n'y a pas d'allumettes. Il aurait fallu que j'achète des allumettes. Voilà aussi des fleurs artificielles pour décorer, des boîtes, un radio-cassette et une cassette. Regarde comme c'est beau ça, une collection de papillons séchés et ça encore mieux, une tête de renard empaillé qui vient de mon grand-père, il était chasseur. Voilà c'est à peu près tout... Un plan de Paris, un Jésus en plâtre et deux cuillères en argent.

Cette fois c'est fini pour de bon. J'ai eu une idée lumineuse cette nuit.

PIERRE.- Ah bon.

LÉA.- Il faudra acheter un balai.

PIERRE.- Tu es vraiment surprenante la nuit.

LÉA.- Je sais. Allez à toi.

PIERRE.- Non j'ose plus. Je vais être ridicule.

LÉA.- Allez vas-y. Fais pas le crétin.

PIERRE.- J'ai peur maintenant.

LÉA.- Allez tu m'énerves.

PIERRE.- Bon. Si tu insistes. Une bouteille de champagne, un jambon de Bayonne et un couteau, du pain, une glacière, des torchons, quelques boîtes de maquereaux et du thon en boîte, des biscottes, du pâté, des livres pour faire une bibliothèque.

LÉA.- Ovide... Connais pas.

PIERRE.- Encore du pain, des bananes qu'il faudra manger assez vite, du chocolat, encore et toujours du pain, des tomates et de la bière.

LÉA.- Tu bois de la bière ?

PIERRE.- Pas encore mais il faudra bien que j'essaye. Tous les hommes mariés boivent de la bière. Moi aussi j'ai des bougies mais moi j'ai pensé aux allumettes.

LÉA.- Tu as pensé aux allumettes ! Tu es génial, je suis bien contente de t'avoir comme mari.

PIERRE.- Voilà c'est fini pour moi aussi.

LÉA.- Je crois que nous sommes prêts. Nous avons tout ce qu'il faut pour passer notre premier week-end en amoureux dans notre nouvel appartement.

PIERRE.- T'es vraiment sûre que personne ne peut venir ?

LÉA.- Oui. Le clocher du bâtiment est trop dangereux, donc personne ne monte et les travaux ne commencent que l'année prochaine, et le directeur est à la campagne jusqu'à lundi.

PIERRE.- Comment tu sais tout ça, toi ?

LÉA.- La salle des profs mon chéri. La salle des profs. À notre premier jour de jeunes mariés dans notre appartement de jeunes mariés.

SÉQUENCE 5

Tard dans la nuit, pas encore un bâton de plus.

LÉA.- Au fait mon chéri.

PIERRE.- Quoi encore ?

LÉA.- Non, tu ne dois pas répondre comme cela. On reprend. Au fait mon chéri.

PIERRE.- Oui ma chérie.

LÉA.- Redis ça pour voir.

PIERRE.- Oui ma chérie.

LÉA.- Ça fait bizarre.

PIERRE.- Ça fait quatre fois que tu me fais le coup. Tu voulais me dire quoi ?

LÉA.- À chaque fois j'oublie. Pierre. Mon chéri de mon cœur bien-aimé. J'ai faim.

PIERRE.- Encore.

LÉA.- Je suis peut-être enceinte. Oh Pierre ! Je suis enceinte, je suis enceinte ! Après le mariage, les femmes sont toujours enceintes. Je suis vraiment heureuse d'être enceinte. Pierre mon amour. Je suis enceinte.

PIERRE.- Ne mange pas tout. Il faut tenir jusqu'à lundi.

LÉA.- Oui mais moi j'ai faim.

PIERRE.- Moi aussi mais je me retiens.

LÉA.- Oui mais moi je suis enceinte. On aurait dû prévoir plus.

PIERRE.- Tu aurais dû prévoir plus. Moi j'ai déjà amené beaucoup de choses et j'ai même pas pu manger la moitié.

LÉA.- C'est pas vrai. Le pain, on l'a partagé. Je suis sûre qu'on l'a partagé.

PIERRE.- Peu importe. C'est moi qui l'ai amené. J'aurais dû en avoir plus. C'est normal.

LÉA.- Il bouge ! Je crois que c'est un garçon. Ou peut-être que c'est une fille. Si c'est un garçon, je l'appellerai Victor et si c'est une fille Victoria. Pierre. Je crois que c'est des jumeaux. Pierre je suis enceinte de deux jumeaux. Je suis si heureuse. Et toi Pierre ? Tu es content aussi ?

PIERRE.- Il fait trop froid et j'essaye de dormir.

LÉA.- À leur communion, on fera une grande fête dans notre jardin. Pierre, il va falloir acheter une maison avec un jardin et trois chambres. C'est bien ici mais avec les enfants. Pierre, il faudra leur apprendre à être honnête. Pierre. C'est des prématurés. J'ai les premières contractions !

PIERRE.- Si tu veux mais laisse-moi dormir.

LÉA.- Il faudra pas que nos enfants soient pourris gâtés comme toi.

PIERRE.- Arrête avec ça.

LÉA.- Excuse-moi. C'est sorti tout seul. Je rigolais. Il faut excuser les femmes enceintes, elles perdent leur équilibre. Tu sais bien que c'est pas méchant.

PIERRE.- C'est pas méchant mais c'est dit.

LÉA.- Je t'adore mon Pierrot.

PIERRE.- Et ne m'appelle plus Pierrot. Bonne nuit.

LÉA.- Tu sais Pierre, l'amour c'est la plus grande aventure de toute la vie. Je suis heureuse Pierre. Évidemment ce n'est pas aussi facile que je l'avais imaginé. Il faut bien reconnaître que l'on n'est pas toujours d'accord sur tout. Par exemple, tu trouves que je parle trop et moi je trouve que tu ne parles pas assez. Pourquoi tu parles de moins en moins ? Ça va être long pour moi si tu parles plus pendant les cinquante prochaines années. Pour moi et pour les enfants. En tout cas Pierre, j'ai jamais été aussi heureuse. C'était une belle cérémonie. C'est bon le champagne mais ça tourne un peu la tête. Pierre, aujourd'hui c'est la première fois de plein de choses. La première fois que je bois du champagne, la première fois que je passe la nuit avec un garçon, un garçon qui est mon mari. Par contre ce n'est pas la première fois que je suis mariée mais la première fois que j'ai des enfants, et deux d'un coup s'il vous plaît. Pierre je crois que j'ai un peu fini la bouteille ! Pierre, je suis une vraie petite femme maintenant. *(elle prend un livre) Les Métamorphoses* d'Ovide. Il faudra que nos enfants lisent mais pas trop. Ah oui Pierre, je te le dis pendant que tu dors, comme ça je te l'aurai dit. Les fleurs c'est pour ma mère, les lettres c'est pour mon premier mari, Grégoire, il avait sept ans, j'en avais huit, un an après notre mariage, j'ai déménagé alors on a divorcé. Je lui écrirai plus je te promets. *(elle lit)* « Elle lutte long-temps mais la raison ne peut triompher de son délire, "C'est en vain que tu résistes se dit-elle. Ce jeune homme je l'ai vu tout récemment pour la première fois, d'où vient que je crains pour sa vie si ce n'est l'amour. Je le forcerai à prendre les dieux à témoin de notre amour, mais si un jour il est capable de me préférer une autre, qu'il périsse l'ingrat". »

SÉQUENCE 6

PIERRE.- C'était pour rire.

LÉA.- Pour rire ?

PIERRE.- Oui pour rire. Le mariage, la cérémonie. C'était pour passer le temps.

LÉA.- Pour rire ? Pour passer le temps ?

PIERRE.- Écoute Léa, j'en ai marre d'avoir faim, j'en ai marre d'avoir froid, de dormir par terre, d'être ici. Tout est sale, sombre et humide.

LÉA.- C'est normal mon chéri, on est pauvre, il faut être patient.

PIERRE.- Ta respiration. Elle gêne la mienne. J'arrive pas à dormir. Je me concentre pour ne pas entendre mais à force de me concentrer, j'ai mal à la tête.

LÉA.- Je vais plus respirer. D'accord Pierre ? Pour que tu puisses bien dormir.

PIERRE.- Arrête Léa.

LÉA.- Désolée, je parle plus.

PIERRE.- C'est de ta faute, tout est allé beaucoup trop vite.

LÉA.- C'est vrai, je suis désolée.

PIERRE.- Je pensais pas à tout ça mais toi oui. Après c'était trop tard. Tu n'écoutais plus rien et de toute façon j'arrivais pas à te le dire.

LÉA.- Maintenant c'est dit.

PIERRE.- C'est mieux comme ça.

LÉA.- Et les enfants ?

PIERRE.- Léa.

LÉA.- Et la maison ? La communion ?

PIERRE.- Il n'y a jamais eu d'enfants. Il n'y aura jamais de communion ni de maison. Il n'y a plus de mariage ni de mari, ni de femme ni de voyage de noces. C'est fini.

LÉA.- Pierre.

PIERRE.- Qu'est-ce que tu fais ?

LÉA.- Je vais sauter.

PIERRE.- Léa, descends.

LÉA.- Je vais faire l'avion. Je vais retrouver les anges.

PIERRE.- Arrête avec tes anges. Allez descends.

LÉA.- Pierre. Tu m'as déjà trompée ? Tu as une maîtresse ?

PIERRE.- C'est stupide Léa. Évidemment que non.

LÉA.- Je te crois pas. À trois je saute. Un.

PIERRE.- T'es complètement folle.

LÉA.- Deux. Tu vas le regretter toute ta vie.

PIERRE.- Léa !

LÉA.- Je vous salue Marie pleine de grâce, le Seigneur est avec vous et vous êtes bénie entre toutes les femmes et Jésus le fruit de vos entrailles est béni, sainte Marie mère de Dieu priez pour nous pauvres pécheurs maintenant et à l'heure de notre mort. Amen. Pierre, deux et demi. Pierre, petit hypocrite, que Dieu tout-puissant te fasse miséricorde, qu'il te pardonne tes péchés et te conduise à la vie éternelle. Tu vois je ne suis pas rancunière. T'as peur. Je suis sûre que t'as peur. T'es un trouillard, je le savais. Pierrot ! Pierrot ! Pierrot ! Je t'appelle trois fois Pierrot et tu ne dis plus rien. Oh comme c'est beau un homme qui pleure. Tu me fais honte. Au

lieu de pleurer, fais quelque chose. Retiens-moi.
Dis-moi que tu m'aimes.

PIERRE.- Je t'aime.

LÉA.- C'est trop tard. Trois.

PIERRE.- Léa.

LÉA.- C'est romantique comme fin. Tu ne trouves
pas ? Réponds.

PIERRE.- Oui.

LÉA.- Eh bien ce serait trop facile. Mais non
mauviette, je ne vais pas sauter. Évidemment
que je vais pas sauter. C'était pour rire, pour
passer le temps comme tu dis toi-même et moi
je trouve que c'était drôle et j'ai pas vu l'heure
passer. *Adios* Pierre.

SÉQUENCE 7

LA GAMINE.- Léa n'a pas voulu assister au déménagement. Ils ont tout donné aux pauvres, comme c'était prévu. Quelques semaines plus tard, la mère de Léa a quitté un hôpital du Nord pour un hôpital du Sud. Léa a quitté le Nord pour le Sud. Chaque soir, elle achète une rose. Avec le reste de la monnaie elle s'offre un truc à la boulange et poste deux lettres. Une pour Pierre et une pour Grégoire.

PIERRE.- Salut.

LA GAMINE.- ...

PIERRE.- Salut.

LA GAMINE.- ...

PIERRE.- Salut.

LA GAMINE.- ...

PIERRE.- Ouasmok?

LA GAMINE.- Quoi?

PIERRE.- Comment tu t'appelles? C'est de l'arabe. T'as quel âge? T'habites où? T'es fille unique? T'étais où en vacances? T'es partie avec tes parents? T'as fait quoi? C'est une méthode révolutionnaire. Grâce à ce principe, on se connaît plus vite et on sait tout de suite si on a une chance de former un couple heureux. C'est génial. Non ?

LA GAMINE.- Faut que j'y aille.

PIERRE.- C'est pas l'heure.

LA GAMINE.- L'heure de quoi ?

PIERRE.- De prendre ton bus.

Fin.

SYLVAIN LEVEY

Né en 1973 à Maisons-Laffitte, il est acteur et auteur.

Depuis 2004 (année où paraissent *Ouasmok ?,* aux éditions Théâtrales, et *Par les temps qui courent,* chez Lansman), il a écrit près de trente textes de théâtre très remarqués, aussi bien pour les enfants ou les adolescents qu'à destination d'un public adulte. La plupart ont été publiés aux éditions Théâtrales et créés notamment par Marie Bout, Anne Contensou, Anne Courel, Christian Duchange, Émilie Le Roux, Laurent Maindon, Cyril Teste ou Pierre Tual.

Il travaille souvent en résidence et répond à des commandes d'écriture, à l'occasion desquelles il aime s'impliquer auprès des structures et de leur public, en France et à l'étranger.

Ouasmok ?, qui est son premier texte, a reçu le prix de la pièce contemporaine pour le jeune public 2005 (Académie d'Aix-Marseille). Sylvain Levey a été lauréat des Journées de Lyon des Auteurs de Théâtre 2003 et de Nîmes Culture 2004 pour *Ô ciel la procréation est plus aisée que l'éducation.*

Il a reçu en 2011 le prix de littérature dramatique des collégiens Collidram pour *Cent Culottes et Sans Papiers* et a été deux fois sélectionné pour le grand prix de littérature dramatique. *Alice pour le moment*

est traduit en allemand ; *Ouasmok ?* en anglais ;
Pour rire pour passer le temps en anglais, catalan,
serbe, tchèque et hongrois.

Son théâtre de l'engagement et de l'envol
convoque la sensibilité et l'intelligence du lecteur.

HALTE AU MASSACRE PSYCHOLOGIQUE DES ENFANTS DÉGUISÉS EN LAPINS !

« Spectacle de fin d'année. Le professeur d'expression corporelle nous a déguisés en lapins perdus dans la forêt (un collant gris, une pelote de laine, un faux nez et deux oreilles en carton). Le seul garçon du groupe jouait le chasseur et nous, les filles-lapins, nous devions courir et nous cacher derrière des arbres en papier mâché. C'était un peu le bazar sur la scène. Pour sûr, on n'avait pas assez répété. Margaux a fait une allergie au maquillage, Camille, qui il faut l'avouer même si c'est ma copine mange un peu trop, était rouge écarlate à force de courir, Caroline avait du mal à respirer à cause d'un début de crise d'asthme, notre garçon chasseur de lapins perdus dans la forêt a pleuré, personne n'a jamais su pourquoi. Moi, le collant me grattait un peu les fesses et le vrai nez d'Alexandrine s'est mis à saigner, Clémentine est tombée dans les décors et le temps de sortir des rideaux, notre scène de théâtre était terminée, ses parents étaient très déçus car ils avaient filmé et leur film était fichu, Chloé aussi était très déçue car ses parents n'étaient pas là, ils n'avaient pas voulu payer, seule Clémence était impeccable, comme d'habitude, c'est la meilleure d'après le professeur. Clémence est la fille du professeur. »

Halte au massacre psychologique des enfants déguisés en lapins !

Il est important, il me semble, de questionner, construire et promouvoir le théâtre enfant, un certain théâtre enfant loin des clichés, des poncifs et des facilités. Les jeunes acteurs (lecteurs, spectateurs) ont droit à un théâtre à part entière sans édification, ni moralisation, un théâtre qui propose une alternative, un langage poétique, une dimension dramaturgique. Ce jeune théâtre contemporain peut s'inspirer de la réalité, s'en amuser et pourquoi pas déclencher le débat en interrogeant le collectif. C'est le théâtre que j'essaye, en toute humilité, de construire au fil des pages et des histoires. Parmi d'autres et avec d'autres.

IL ÉTAIT UNE FOIS À CASTELO DE VIDE

Je les ai aperçus pour la première fois près de la fontaine : Fonte da Vila à Castelo de Vide au Portugal. Elle, petite mais perchée sur de hauts talons, mince, presque maigre, douze ans à peine et déjà maquillée, très maquillée. Lui, pas beaucoup plus grand et pas beaucoup plus vieux, le regard aussi noir que son costume, les cheveux lissés à la gomina. Ils marchaient d'un pas rapide, lui devant, elle un peu derrière. Lui, ses chaînes, ses gourmettes et sa boucle de ceinturon tintaient joyeusement à chacun de ses pas. Elle, son sac à main beaucoup trop grand cognait à intervalles réguliers contre ses mollets. Allaient-ils à un bal masqué ? Je les croisais, trois jours plus tard, en haut du rocher qui domine le village, à la chapelle Nossa Senhora da Penha précisément. Même allure de punk ou d'ange, je ne saurais dire. Sentiment partagé à leur égard de perplexité, de curiosité et de compassion. Ils s'amusaient à marcher le plus près possible du précipice, fermant les yeux par instants pour donner du piment à leur jeu d'enfants. Le rocher de la chapelle Nossa Senhora da Penha est un endroit offert au soleil et aux vents violents. Je revis la jeune fille, quelques jours plus tard, elle était assise, seule au pied de l'ancien pilori du village. Son maquillage avait coulé. Je n'ai jamais revu le garçon. Voici comment est né *Ouasmok?* Je n'ai fait qu'extrapoler leur histoire, la déplacer dans un collège du centre Bretagne (ou d'ailleurs). Je les remercie pour ce cadeau. Un jour sans doute, j'essaierai de les retrouver pour leur offrir, en échange, ce livre.

Sylvain Levey

Achevé de réimprimer en France sur papier
issu de la gestion durable des forêts (certifié FSC et
PEFC) en septembre 2014 sur les presses de Corlet Imprimeur
à Condé-sur-Noireau (14) labellisée Imprim'Vert.
N° d'imprimeur : 166479

Composition et maquette :
Concordance(s)/Michel Delon, Meaux (77)

Dépôt légal de la première impression : mai 2004